온품을 그리다

시와소금 시인선 176

온 품을 그리다

ⓒ박우지아, 2024. printed in Seoul, Korea

초판 1쇄 인쇄 2024년 11월 25일
초판 1쇄 발행 2024년 11월 30일
지은이 박우지아
펴낸이 임세한
펴낸곳 시와소금
디자인 유재미 정지은

출판등록 2014년 1월 28일 제424호
발행처 강원 춘천시 충혼길20번길 4, 1층 (우 24436)
편집·인쇄 주식회사 정문프린팅
전화 (033)251-1195 / 휴대폰 010-5211-1195
전자주소 sisogum@hanmail.net
ISBN 979-11-6325-090-6 03810

값 12,000원

부산광역시   부산문화재단
BUSAN METROPOLITAN CITY   BUSAN CULTURAL FOUNDATION

· 이 시조집은 2024년 부산광역시, 부산문화재단 부산문화예술지원사업으로
  발간하였습니다.

시와소금 시인선 · 176

온품을 그리다

박우지아 시조집

시와소금

┃박우지아 (본명 박순희)

- 부산대학교 교육대학원 졸.
- 2008년 『문학도시』에 「신명 – 김홍도, '무동'」으로 신인작가상 당선으로 등단.
- 시조집으로 『파도가 길을 찾다』가 있음.
- 대표작으로 「몰두의 행복 – 르느와르, '피아노 치는 소녀들'」, 「울림 – 빈 센트 반 고흐, '해바라기'」, 「불휘 기픈 남ᄀᆞᆫ – 이중섭, '황소'」, 「온품을 그리다 – 강세황, '자화상'」 등.
- 이후 각 언론매체와 문학잡지에 작품을 게재함.
- 근정포장(대통령) 수상.
- 부산문인협회, 부산시조시인협회, 부산여류시조문학회, 부산영호남문인협회 회원.
- 전자주소 : wkdkpark@hanmail.net

궁금하고 의아하고
그리고 신비롭다.

궁금점은 질문으로 이어지고
그러한 일들은
계속 글로 이어질 것이다.

이천이십사년, 가을 단풍 아래에서
박우지아

| 차례 |

| 시인의 말 |

제1부 명화는 철학이다

제2부 너에게 건네며

제3부 마음을 열며

제4부 초록 파장을 보며

명화는 철학이다

- 일부의 그림은 저작권 관계로 생략하였음.
- 수록한 그림은 네이버에서 제공받음.

온품을 그리다
— 강세황, 〈자화상〉

세상 속에 뿌리내리려
얼마나 달렸던가

마른 땅에 물 주면서
화원을 꿈꾸었으나

끝끝내
허락지 않아
내 안에
내렸다

불휘 기픈 남ㄱ
— 이중섭, 〈황소〉

천년의 모내기는
다섯 번 고개 넘어

부릅뜬 눈동자에
붉은 힘이 굵게 끓는다

내일을
살리어오는
하얀 혼의
주먹아

연인을 품은 초승달
— 신윤복, 〈월하정인〉

층층이 쌓아 올린
품어낸 갈증 속에
허락한 한 걸음이
어찌 이리 떨리나요

잡힐 듯 사라져버리는 수줍어하는 달무리

비껴가는 빛을 쫓아
몸 틀림도 해보지만
깊어진 보고픔에
이토록 저려올까

초롱꽃 한마음으로 저 달빛에 머문다

얼씨구나 놀아보세
— 김홍도, 〈씨름〉

반상이 한 몸이다
신분이 중요하랴

한 판의 들배지기
메다꽂는 순간이다

엿가락 떨어지지 않듯이 함께 사는 우리야

솔향기도 침묵하네

― 김정희, 〈세한도〉

슬프다 사마천의 행적이 보이구나
찬바람은 가슴을 휘저어 들어앉고
까슬한 마른 붓조차 갈 길을 잃었다

의연히 흩어지지 않는 완당의 묵선에
무채색의 구김 없는 도포 자락 휘날리고
평생에 알아주는 것은 이 수묵화 한 점일세

품어온 소망
— 요하네스 페르메이르, 〈진주 귀고리를 한 소녀〉

쓰라린 짠물이
돈을볕과 살 섞을 때

파도밭을 떠다니는
물풀도 멈칫한다

얼마나
보금자리에서 몸 틀림을 하였던가

애끓는 진양조로
다져온 바다 보물

끓어오른 하고픈 말
심해에 저장하고

오로지
생각 깊은 눈동자만 별빛으로 일어선다

혼재
— 살바도르 달리, 〈기억의 지속〉

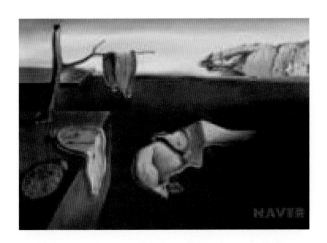

하늘은
바다 깨워 추억을 보살피고

시간은
천 갈래의 삶으로 어루어룬다

혼재한
초침 안에서 흘러내리는 너와 나

소망
— 장 프랑수아 밀레, 〈감자 심는 농부들〉

거칠고 두터운
노역이 쌓여갈 때

비쳐오는 서광은
심장에 터 닦는다

소롯이
멈출 수 없는
소망줄을
심는다

우리는 어디서 와서 어디로 가는가
— 앙리 폴 고갱, 〈타히티 섬〉

오는 길도 모르고 가는 길도 모르겠소
운명의 실타래도 길 잃은지 오래됐소

원시인
가득 찬 두 눈은
원형으로 잠겼소

나르는 숫자 탑이 현란해 보이지만
원형이 사각으로 바뀌어 질 리 있소

은하수
어느 곳이든
뫼비우스 밭이구려

행복 · 3
— 빈센트 반 고흐, 〈낮잠〉

하루를 잘게 썰어 볏짚 속에 재워두나
곡선의 편안함에 나른함이 유혹한다
푸른 옷 아랑곳하지 않고 하늘 속에 적셔든다

조였던 허리춤엔 노곤함이 살림 살자
힘주던 발가락도 이 앞에선 풀어진다
고요한 황금 들판은 자장가로 숨 쉰다

소란스런 색깔도 모른 채 눈을 감고
길쭉하게 늘어지는 소용돌이 붓질도
달콤한 잠 속에 잠을 따라잡지 못한다

꿈
― 빈센트 반 고흐, 〈아몬드나무〉

몇천 번
바람을 꽃잎으로 잠재웠지

달님을
고향으로 배웅해 드리고

아뿔싸
열린 하늘을 통째로 품고 있네

몇천 번
한결같은 마음으로 맞이했지

밤과 낮
끊임없이 하나로 꿈꾸면서

호젓이
초롱 등불로 물꼬를 틀고 있네

정직한 삶을 꺼내 주세요
— 빈센트 반 고흐, 〈감자 먹는 사람들〉

한낮의 등불은 불 밝히지 않아요
오로지 땀으로 땀으로 흙을 갈죠
그 누가 초원의 땅을 아름답다 했나요

수만 번 바람은 흙 속에서 몸살했죠
수만 번 빗물은 쓰라린 아픔 겪죠
비로소 영글은 알은 거친 손에 안겼어요

어둠의 손떨림이 인류를 울리죠
흔들리는 눈동자에 붓끝이 떨고 있죠
세상이 등불이 될 때 알맹이는 우리일까요

멈출 수 없어
— 잭슨 플록, 〈넘버 5〉

어디서 시작인 건
중요타 하지 않아

뭉쳐진 실타래로
우리를 기다리지

어느 듯 물줄기 되어
윤슬처럼 빛이 나

가는 길이 길이다
― 다비드 프리드리히, 〈안개 바다 위의 방랑자〉

두려워하지 마라
가는 길이 길이다
거친 숨 몰아쉬는 저 안개도 길동무다
언제나 머리 위에는
열려 하면 빛이 있다

때로는 아마존도
억눌린 서러움을
관현악 합창으로 본 모습을 찾아가듯
가끔씩 노을 진 사막에서
거울을 만나자

행복한 마을
— 마르크 샤갈, 〈나와 마을〉

말 눈 안에 들어가 본 적이 있나요
물구나무 초록색 얼굴이면 뭐 어때요
알록한 색채 세상은 포근하게 잠들죠

하늘에 집이 살고 나무는 울렁거려요
빨간색 하얀 색깔 설레게 움직여요
언제나 어린 왕자는 내 안에서 살죠

날아오르는 꿈
— 에드가 드가, 〈스타〉

아름다운 내일은 늘 곁에 두면 돼요
설레는 저 길은 걸어가면 열려지는
오늘에 지치지 않는 헛헛함은 덤이죠

피멍 맺힌 뒤꿈치는 검은 신사 두려워요
봄빛의 윤슬에서 나의 꿈이 살고 있죠
언제나 우유 거품처럼 우아하게 숨 쉬어요

제 **2** 부

너에게 건네며

붓이 지나갔다

여러 색깔이 한 세상 차려질 모양이다
눈부신 아침 햇살 거리를 쓸고 가면

모두들 기다린 듯이 제 몸에 불을 켠다

개구쟁이 꽃잎들이 태동하듯 꼼지락대면
웃음 헤픈 바람은 마술봉으로 색 입히고

저 바다 오징어잡이 배 타고 춤추면서 입장한다

찐득한 여름은 짙은 옷을 갈아입고
눈꽃은 출산일을 손꼽아 기다리겠지만

오늘은 얇은 레이스로 내려온다 선물처럼

비 내리는 산 속

안개가 포근하게
수풀을 껴안으니
종달새 깜짝 놀라
부끄러워 달아나고
다소곳 손발 모으며 고개 숙인 이끼꽃

드디어 빗장 열자
안개가 는개 되니
토닥이는 빗소리에
숲속은 묵언하고
조용히 범종 소리가 청아하게 해탈한다

언제인 듯 어디인 듯
알 수 없는 인연들이
빗소리 깨어나면
저 멀리서 이해될까
무엇도 풀지 못하는 울러메진 이 단봇짐

소풍 나온 단풍

기억이 어렴풋하다
태어난 그 봄날에
들판에서 받았던 햇살 놀던 푸른 밥상

모두들 축하 노래를 불러주지 않았던가

쏟아지는 비 속에서
몸부림쳤던 그 순간을
숨소리조차 땅속으로 흘렸던 그 뜨거움

잊힐까 초승달 그네로 꿈꾸었던 내일을

드디어 딛고 디뎌
오늘의 화양연화
꽃자리 메워가는 볕뉘도 맞이하여

제각기 화려한 외출 이 가을을 춤춘다

수국의 행복

언제나 꿈꾸었지
바다를 안겠다는

향기는 나울치는
무채색의 날라리

어쩌나
물방울 튀자
눈 부시는
별 가루

함박웃음 터뜨리면
숲들도 무장해제

끝없이 펼쳐진
하늘거림에 신바람은

이 순간
옹알거리는
어린잎에
날빛을

지금이 참 좋다

출근길 지하철에서
내 삶이 만져진다
울퉁불퉁 화선지에
비뚤게 난 골목길
굵은 붓
크게 휘갈겨 내달리고 싶었지

젊은 고뇌 협곡 속에
육아의 터널 건너
느껴지는 예쁜 바람
손등에 앉을 때에
이제는
숙제를 마친 듯 긴 한숨이 나오지

너울성이 조약돌로
만들어가는 것처럼
깊어지는 주름살이
세상을 둥글게 해

오늘이
쌓인 내일은 슴슴한 걸음이길

솔방울 노래

가을 품은 소나무는
소담한 별을 빚어

아리수* 내린 하늘
갈색으로 장식하여

저 넓은
수풀 속에서 풀피리를 듣는다

잘 달인 전설 속에
노래하는 동화처럼

순박한 옛 시간을
다듬어 곱게 펼쳐

어느덧
거친 마음에 보약으로 달린다

* 아리수 : 한강의 옛이름

자연을 품다
— 이재효 갤러리

안개분사 두물머리
지나지나 닿은 양평

무릉도원 화폭으로
보금자리 맞춤한 곳

갤러리
자연 쓰담는
청솔바람 낳는다

알 수 없는 사연 깃든
기찻길 내림신 돌

묵은 시간 재워 담은
정령 나무 신방차려

결정체
운명적 사랑
연이어 서있다

갈맷길에서

발밑에 따라붙는
너울치는 푸른 길목

천천히 앞을 보라
외치는 파도밭에

가만히 하늘을 본다
너의 길은 어디쯤

선택의 갈림길에
얼마나 갈등했던가

정답 없는 저울질에
이 길에 물어봤지

스스로 길 찾으라고
묵언하는 저 등대

마음을 부르는 광안대교

물꽃을 에워싸고
옥색 하늘 피워보고

언제든 나를 건너
없던 길을 가보라고

슬며시 길쭉하게 뻗어
울렁이게 웃는다

선물

눈웃음치는 해님에게
오늘도 반했다

잘게 썬 시간을
이리저리 버무려서

하루를 우려내본다
진득하게 고아서

진달래꽃

가느린 꽃잎으로
허기를 달래었지

춤추는 몸짓으로
사랑을 물들였지

마주한 눈 맞춤으로
오늘을 보냈었다

출렁이는 봄바람을
조곤이 잠재우고

붉디붉은 웃음으로
봄 산을 안았다

절절히 안기어오는
열열함의 이 너울

사과

사과 한 잎 베어 물면
인류사가 들어온다
무풍지에 알이 터져
하얀 속살 매매 다져
쓰라린 세월 품어온
먹거리의 봉우리

따가운 햇살 등에
순풍을 타고 앉아
바람 갈퀴 몸부림에
온몸이 쓰려오니
청제비 노랫소리가
이렇게나 그립다니

매서운 바람살에
단단해져 맛 산다고
부추기는 그 말들이
더욱더 무서웠다

달콤한 과육 안에는
서러움이 걸려있다

대나무가 건네는 말

누구의 노래인가
마음 울린 잎 소리는
쌀쌀맞은 아가씨를
품고 싶은 이 가슴에
돋을볕 뻗쳐내리는 하늘만을 보란다

너의 마음 열고 싶어
낮밤으로 찾았지만
고고하게 웅대하는
불변의 네 모습에
정갈한 맞바람으로 가슴을 씻어준다

어떠한 그림자도
모르는 척 받아주고
어떠한 흔적인들
미련을 두지 말고
언제나 푸른빛으로 물들면서 살란다

마음

몇 그램을 가졌는가
어떤 색을 지녔는가

변형도 언제든지
오고 감도 시시때때

너와 나 어쩌지 못하는
앉아갈까 서 갈까

달팽이

얼마나 거친 모래가
몸을 파고 들었던가

지루한 태양은
그림자마저 태우지만

알 품은 거북이처럼
저 심해를 건너서

하루를 만나다

우렁찬 파도 소리 세상이 잠들었다
햇살마저 허공에서 멈추어 내려보고
들었나
모래 틈 속에서
노래하는
잡풀 소리

태초에 쌓아 올린 전설이 낳고 낳아
굵은 시초 다듬어서 햇살 위에 마주 오니
신 내린,
펼쳐놓은 선물
두근두근
떨린다

가을을 읽다

시원한 바람 속의
억새들을 펼치면

언덕에서 가을이
말을 타고 내려와

끝없이 펼쳐진 들녘을 나를 태워 달린다

제 **3** 부

마음을 열며

김민기 선생을 추모하며

긴 밤 지새우고 풀잎마다 맺힌

천 번이고 다시 태어나도
그대는 빛입니다

온 누리
넘쳐흐르는 모두에게 울림입니다

사람을 볼 수 있게 이끌어 준 그 손길

골목길에 불을 밝힌
그대는 달입니다

상처로
짓물린 생애에 고개를 숙입니다

외나무다리

— 해인사

저녁놀 앉아있는
소담한 돋다리*에

범종소리 지나가다
볕뉘에 자리 튼다

때마침
옥등 불빛에 워낭소리 멀어진다

모든 것은 낮은 곳에
시작된다는 여기에서

뿌리내린 흙에서
하늘로 뻗어간다고

조용히
꽃잎 하나가 낙화하며 끄덕인다.

* 돋다리 : 조그마한 나무다리

눈부신 비밀
― 무학대사

개국의 주춧돌을
다지고 다진 힘을 보라

하늘을 울리는
거대한 빛의 소리

빛나라 영원한 나라
저 눈부신 꽃길을

부처님 눈을 빌려
민중의 지혜 모아

그 힘은 오늘 내일
하늘 땅을 아우르고

한 누리 문화의 마루
세상을 모은다

소리꾼 홍류동천
— 해인사

고운에 둘러싸여
소리로 허락된 곳

용솟음치는 저 물결은
평온을 지켜내고

무한한 해인 살펴 가는
영원한 파수꾼

묵혀왔던 갈색 슬픔
진양조로 모았다가

근심 걱정 물이랑을
휘몰이로 내치는 건

황금빛 돋을볕처럼
걸어가라 거라는군

개심
― 서운암에서

샛바람 계곡따라
영축산 열어가면

맺힌 마음 녹여져서
온 몸이 봄이 되고

홍매화 한가운데에
합장하여 앉는다

기도

대웅전 앞마당에
고요가 탑 쌓는다

묵은 때 씻어내고
두 손 모아 합장할 때

화엄경
평온한 해탈은
마음 문턱
넘고 있다

빛

하루마다 쓰다듬어
쌓이는 보살님 손

따스함은 구름 쫓아
더 없이 빛을 내고

그 속에
부처님 얼굴이
흐뭇하게 웃고 있다

5월의 축제
— 서운암에서

이팝나무 등나무꽃
불심으로 날린다

반성하는 철쭉꽃도
붉게 숙여 끄덕이고

부처님
눈웃음 꽃비
소리없이 분주하다

통도 여정

거친 삶 걸어온 길
맞아주는 통도 그네

일상의 틈새 사이
고뇌가 쌓여간다

하던 일
그냥 그대로
네 몫이다
여겨라

통도사 오케스트라

영취산 결결마다
울려지는 법고 노래

흐느끼는 범종 목어
떨려오는 깊은 전율

의연히
내려놓게 하는
내 안 켠의
이 번뇌

선예전*

선창에 우뚝 선
성파 스님 특별전

예술로 펴는 날개
큰 산으로 끌어간다

전설로
주춧돌 되어
울려지는
예술혼

* 선예전 : 성파 스님의 예술세계를 선보인 선예(禪藝) 특별전을 말함

합장하는 괴석
― 만어사에서

오랜 세월 묵혀왔던
범람하는 바위 울림

여기에 번잡함은
내려두라 끄덕이며

산 아래 넓은 세상으로 만어손이 토닥인다

또 한 분의 부처님
― 운문사에서

수많은 염주를
달고 있는 은행나무

뜨거운 햇살 받아
노랗게 해탈하여

바람이 울릴 때마다 보시되어 날린다

제 **4** 부

초록 파장을 보며

청보리밭

매운 서리 품어서
오롯이 견디다가

진한 물빛 머금고
초록 파장 일으킨다

풋풋함,
봄 안은 들판에
녹아드는
이 전율

들꽃

때로는 온실 속의
낮잠이 간절하고

벼랑에서 홀로 맞는
바람도 예쁘지만

터놓고 하늘을 바라보는
함께가 그립다

웃고 있는 울릉도

가슴으로 밀고 오는 물비늘은 햇빛 밟아
달려오는 맞바람에
별빛으로 태어난다
이곳은
질풍노도로 푸른 꿈을 일구지

한 민족의 터전이라고 내세우지 않아도
우주의 시작점이라고
저 별들은 알고 있지
언제나
쏟아지는 돋을볕은 여기에서 경배하지

수변공원의 아침

어제도 소맥잔에
엎어진 사연들을
온몸으로 들어주느라
회색으로 늘어졌다
측은한
아침햇살이 토닥이는 여린 손

물비늘도 속 시원히
달리지 못하고
멀리 선 해오라기
속 타는 듯 목 축인다
아는가
푸지게 웃어 본 그날이 언제인지

부산 해오름

오 년의 모내기는
큰 파도에 몸을 실어

세기의 눈동자에
미래 빛을 모은다

내일을 용솟음치는
부산 혼의 엑스포야

인생

마르고 비틀어진
매일은 늘 다르다
잔바람이 협곡에서
폭풍으로 진화하여
고함을 냅다 지르고는 페널티킥 준비한다

펼쳐진 경기장은
푸른 듯 푸르지 않다
벽으로 산비탈로
수시로 변장한다
수비는 종잇장 되어 코너에서 멍멍하다

크고 작은 철공은
얼굴을 타격한다
자칫하면 소금으로
사라질 두려움으로
골키퍼, 두 팔 벌려서 온몸으로 나선다

동백섬 · 1

해님이 놀고 있는
물비늘을 품어봤니

시린 눈을 감게 하는
저 힘을 우러르면

에쿠나 시끌던 이 속을
어찌 이리 잠재울까

동백섬 · 2

은빛 물결 감싸 안은
고향이 숨 쉬는 곳

세월 다진 푸른 밭으로
안식처를 펼쳐준다

누구든
토닥이면서
마음 주는 열린 섬

동백섬 속마음

풍성했던 옛 마음
찾고 싶어 달려왔지
은빛 물살과 소꿉놀이
깊이 빠져 모른 척하네
그렇게
허허한 눈 안에 바다 품고 가라하네

세상도 새 옷 입고
너도나도 새 옷 입고
새 옷의 마력 속에
오늘도 춤을 추네
그러다
들여다보니 비워지는 이 마음

거울 속 다른 사람
내 모습을 빤히 보네
흠칫 놀라 동백섬에
달려왔더니, 그 마음
빼꼼히
등 뒤로 숨으며 또 오라며 손짓하네

납작한 관계

별별은
폰 뒤로 숨바꼭질 해대고

인스타엔
성가신 사람들만 서성인다

불현듯
울린 벨소리는
발신없는 메시지

갈수록
얇아지는 폰 안에는

어제 오늘 만났던 듯
분주한 이모티콘

겉도는
인사말만으로 메아리로 울린다

로즈마리

제 속에 품고 있는
저 힘을 모를쏘냐

때로는 스스로 피울 수 없을 때는

불현듯
손길만 스쳐도
너의 향기
폭발한다

선택

애초에
우리 삶에
선택권이 있었던가

이제사
멈출 수도
건너뛸 수도 없다

살아감,
이것이야말로
최고의 선택권이다

선의 가르침

선 밖을 넘지 마라
지천이 가시밭이다

공연히 선 긋고 자리 잡아 힘 쓰겠냐

에쿠나
늘 따라다니는
끝이 없는
판도라

물방울

언제나 움직인다
원하는 모습으로

원형을 만들어가는
알 수 없는 놀이로

긴 세월
뚫어버리는
변모하는
그 뚝심

노을

온종일 개켜둔
순간 모여 아양 떨자

덜 여문 연분홍 하늘
취기가 오른다

묵묵히
숙성된 설움
조곤조곤
엂는다

바다멍

일상이
무거운 몸만큼 느껴질 때

시선은
마음업고 바다 끝에 달려가면

연푸른
멍멍한 기운이 새옷으로 입는다

섬

파도에게 쉬어가라
주저 없이 곁을 준다

거울 속 하늘 깊이
햇무리는 헤엄치고

자꾸만
흰 푸른 속살로
품어보는 바다 점

수영강

어제 내린 빗물에
몸을 씻은 수영강

해맑게 윤슬로
맑은 피부 자랑하며

마음을 시원스레 안아 토닥토닥 씻는다

부산이 좋다

자정 능선 걸어둔
소금 같은 메밀꽃이

갈치 생선 버물러진
아리랑과 합궁하여

치사랑
울려퍼지는
부산항이
춤춘다

벚꽃눈

오늘도 아빠뿌리 배불뚝이 또 먹고요
햇살 따라 엄마줄기 쉬지 않고 낳고 낳고
꽃망울 아가벚꽃눈 방실방실 웃어요

바람 따라 사뿐사뿐 날리는 꽃눈 하나
하늘빛 가득 담아 분홍 동자 까르르
온 세상 꽃비 끌면서 함박웃음 날려요

현실과 초월의 변주곡
— 박우지이論

안 수 현
(문학평론가)

현실과 초월의 변주곡

— 박우지아論

안 수 현
(문학평론가)

시조의 미학은 언제나 현실과 초월의 경계를 넘나들며, 시간의 흐름 속에서 다양한 해석의 층위를 만들어왔다. 시인의 감각은 현실의 풍경을 시어로 포착하면서도, 그 너머에 있는 초월적 세계를 암시하는 매개체가 된다. 시조시인 박우지아의 작품을 통해 현실과 초월이 어떻게 교차하며 변주를 이루는지 목격하는 일도 흥미로운 일일 것이다. 시조가 지닌 형식미와 언어의 압축성이 현실적 제재를 초월적 사유로 확장하는 과정에서 어떤 역할을 하는지, 그리고 그 변주가 독자에게 주는 미적 경험을 전달해 준다. 이를 통해 시조가 단순한 감상의 대상이 아닌, 우리 삶의 근본적인 의미를 조명하는 장치로서도 기능함을 확인할 수 있다.

현실과 초월은 단순히 대립적인 개념이 아니라 상호 보완적인 관계를 이루며 균형을 유지하는 축으로 작용해야 한다. 현실은 인간의 경험과 감정이 구체적으로 구현되는 장이며, 초월은 그 경험을 넘어서는 통찰과 깊이를 제공하는 차원이다. 박우지아 시조에서는 이 두 요소가 함께 연대하여 시적 공간을 확장하며, 현실 속에서 초월을 찾고 초월 속에서 현실의 의미를 재발견하는 과정을 통해 다층적인 문학적 깊이를 형성하고 있다. 이러한 접근은 시조가 단순한 묘사나 감정의 표현을 넘어, 인간 존재의 본질을 해석하는 예술로 기능하고 있음을 보여준다

1. 아름다운 일상 속에서 품어온 소망

시인은 네덜란드의 황금기 바르크 시대를 대표하는 화가 요

하네스 페르메이르(Johannes Vermeer, 1632~1675)를 호출하여 일상의 세밀한 관찰을 통해 삶의 구체적이고 현실적인 모습을 표현한다. 「품어 온 소망」은 자연과 인간이 교감하는 순간을 포착하여 내면의 고뇌와 성찰이 조우한다. 바다의 이미지와 함께 인간의 감정적 경험을 심도 있게 표현하며, 그 과정에서 자연과 삶의 본질적 관계를 탐구한다.

'쓰라린 짠물'과 '돋을볕'은 바다가 인간의 고통과 상처를 담고 있으며, 그것이 떠오르는 햇빛과 만나면서 새로운 국면을 맞이하는 모습을 상징한다. 바다는 인생의 고통과 시련을 내포하고 있으며, 그 속에서 몸을 틀어가며 살아가는 인간의 모습을 반영한다. 이는 자연과 인간이 서로의 고통을 공유하고 있으며, 그 과정에서 삶의 본질을 찾고자 하는 시인의 서정적인 시각을 보여준다. '애끓는 진양조로 다져온 바다보물'은 자연과 인간의 경험이 긴밀하게 연결되어 있음을 알 수 있다. '진주'를 '바다 보물'로 표현한 것은 거친 바다 속에서 고통과 고뇌로 생성되어 하나의 귀한 생명체로 형성되는 과정을 통해 인생의 소중한 가치나 감정의 결산을 의미한다. 하고픈 말을 심해에 간직함은 고뇌와 그 과정에서 얻게 되는 성찰을 상징하며, 내면의 깊은 갈등과 그리움을 표현하는 서정적 요소로 작용한다. 〈진주 귀고리를 한 소녀〉의 '생각 깊은 눈동자'는 별빛으로 환치됨으로써 성숙해진 내면의 성장을 이루는 모습으로 자연과의 교감을 통해 진정한 자아를 발견하고, 일상 속에서 삶의 의미를 찾아가는 과정으로 해석할 수 있다.

한편 시인은 빈센트 반 고흐 〈감자 먹는 사람들〉에서 「정직한 삶을 꺼내 주세요」를 통해 노동의 현실과 그 속에서의 인간의 삶을 사실적으로 묘사한다. '오로지 땀으로 땀으로 흙을 갈'고 살아가는 현실적이고 정직한 삶의 본질과 그 과정에서 겪는 고통, 그리고 결국 이루어지는 성과를 중심으로 전개한다. 시인은 자연의 이미지를 사용해 정직한 삶을 살아가는 사람들의 수고와 인내를 강조하며, 그 과정을 통해 진정한 의미와 가치를 찾고자 하는 것이다. 정직한 삶은 굳이 과시할 필요 없이 묵묵히 수행해야 함을 나타낸다. 흙을 가는 행위는 사람들의 꾸준한 노력과 노동을 상징하며, 이 과정에서 땀 흘리는 것이 곧 정직한 삶을 살아가는 기본적인 자세임을 보여준다.

생존과 희망의 밀접한 관계는 시인의 또 다른 「소망」에서 확인할 수 있다. '거칠고 두터운 노역'은 누구나 겪을 수 있는 인생의 시련과 고난을 상징한다. 시인은 이러한 고통과 노력은

쌓아가며 살아가는 과정으로 정의한다. 노역은 소망을 이루기 위한 필연적 과정이며, 이 과정에서 시인은 소망의 씨앗 즉 '소망줄을 심는다'고 했다. 소망줄을 심는 행위는 그 자체로 꿈을 향한 의지와 결단을 나타내며, 이는 끊임없이 이어지는 희망의 끈을 붙들고 나아가려는 시인의 간절한 마음을 상징한다.

일상속에서의 평범한 삶과 현실은 「지금이 참 좋다」에서 사실적으로 재현되고 있다. '출근길 지하철에서 내 삶이 만져지'는 지극히 평범한 일상 속에서 인생의 진리를 찾아가는 소시민의 삶과 밀접하게 연결되어 있다. 시인은 일상적인 출근길의 풍경과 그 속에서 느껴지는 감정과 사유를 통해, 소소한 순간에서도 인생의 의미를 찾고자 한다. 작품 속의 이미지는 소시민의 일상을 반영하면서도, 그 속에서 더 깊은 깨달음과 삶의 철학을 드러낸다. 반복되는 일상속에서도 자신을 성찰하고 인생의 의미를 찾으려는 노력을 반영한다. 스스로의 존재와 그 의미를 발견하려는 시인의 태도는 소박하면서도 진지하다. '울퉁불퉁 화선지'와 '비뚤게 난 골목길"은 인생의 굴곡과 예측할 수 없는 변수를 외면하지 않고 시인은 이러한 길에서도 '굵은 붓'으로 시원하게 질주하고 싶은 강한 의지를 표현한다. 일상의 작은 순간들이 모여 인생을 이루고, 그 속에서 소박한 행복과 의미를 찾으려는 시인의 태도가 담겨 있다. 다시 말해 스스로를 잃지 않고, 진정한 삶의 의미를 찾고자 하는 소시민의 인내와 의지를 반영한다.

소망은 인간의 내면적 갈망, 이상, 그리고 미래에 대한 기대와 연관된다. 소망은 삶을 이끌어가는 원동력으로 묘사된다. 소망을 통해 우리의 내면을 탐구하고, 현실과의 갈등, 꿈과 이상을 표현한다. 소망은 때때로 이상화된 세계나 유토피아를 향한 갈망으로 나타나며, 이러한 갈망은 현실과의 불화나 갈등을 반영하기도 한다. 그럼에도 불구하고 소망은 미래에 대한 열망과 가능성을 나타낸다. 이러한 소망의 이미지는 현실의 한계를 넘고자 하는 인간의 욕구를 상징하며, 종종 현실의 제약 속에서도 자신을 초월하려는 의지를 보여준다.

2. 낭만과 상징을 품은 이름으로

낭만주의는 계몽주의와 산업혁명의 합리주의적, 기계적 세계관에 대한 불편함에서 비롯되었다. 개인의 감정, 상상력, 자연, 초월적 경험을 중시하는 경향을 보이며 감정의 자유와 개인의 독창성을 강조하며, 인간의 내면적 갈등과 고뇌, 이상과 현실의 갈등을 수용한다.

이는 개인의 감정을 진솔하게 표현하고, 고독과 외로움, 자유와 이상을 추구하는 등 자연이라는 타자를 단순한 배경이 아니라 인간의 감정과 이상을 비추는 거울로 삼았다. 바꾸어 말하자면 자연은 낭만주의적 사유로 볼 때 신비와 영감을 제공하는 소중한 원천이며 제도화되고 산업화된 사회에서 벗어나고자 하는 회귀의 대상인 셈이다. 그래서 더욱더 '과거'에 집착하는 것처럼 보일지도 모른다. 과거의 조각들은 낭만주의의 상상력과 결합해 독특한 신비로움과 이상 세계를 창조했기 때문이다. 낭만주의는 인간의 감정과 상상력을 해방하고, 현실의 제약을 넘어서려는 시도로, 고통과 슬픔, 환희와 희망을 모두 품으며 인간의 본질을 해석하려 한다. 는 예술적 흐름이었다. 낭만주의의 이러한 특징은 오늘날까지도 예술과 문학에 깊은 영향을 미치고 있다.

신윤복의 〈월하정인〉에서 「연인을 품을 초승달」 역시 사랑을 중심으로 한 낭만적인 분위기를 담고 있다. 초승달은 사랑과 갈망, 그리고 그리움의 감정을 투영하는 중요한 상징적 역할을 한다. 초승달은 불완전하고 희미한 빛을 가진 존재로, 작품에서 드러나는 감정의 불확실성과 희망의 미묘한 가능성을 표현하는 장치로 사용된다. '층층이 쌓아 올린 품어낸 갈증'은 내면 깊은 곳에서 느껴지는 갈망과 목마름이다. 초승달은 이러한 갈증을 해소할 수 있는 희미한 희망의 빛으로 상징되지만, 그 빛은 아직 완전히 드러나지 않은 상태다. '잡힐 듯 사라져버리는 수줍어하는 달무리'는 초승달이 쉽게 닿을 수 없는 이상적인 존재임을 암시하며, 갈망의 대상이지만 현실에서는 불완전하고 먼 존재임을 드러낸다. 이는 초승달이 현실과 이상 사이에서의 갈등을 표현하는 매개체로 기능함을 보여준다. 빛을 따라 몸을 틀어보지만, '깊어진 보고픔'은 인간이 완전하지 않은 상태에서 사랑과 현실 사이에서 갈등하는 모습을 비유적으로 나타내며, 초승달이 애달픈 사랑과 그리움을 상징하는 요소임을 강조한다. '초롱꽃 한마음으로 저 달빛에 머문다'는 사랑의 갈증이 해소되는 것을 의미하며, 그리움과 사랑이 더욱 깊이 느껴지는 순간을 강조한다.

다비드 프리드리히의 〈안개 바다 위의 방랑자〉에서 「가는 길이 길이다」는 '길'이라는 주제를 중심으로, 인생의 여정을 탐구하며 다양한 상징과 이미지를 통해 길을 묘사하고 있다. 길은 단순한 물리적 이동을 넘어 인간이 겪는 시련과 극복의 과정, 그리고 그 속에서 발견하는 희망과 성찰의 상징으로 표현된다. 길은 두려움이나 고난의 상징이기보다는 인생의 필연적인 과정으로 받아들여지며, '거친 숨 몰아쉬는 저 안개도 길동무다' 라고 했듯이 길은 인생의 시련과 고통도 결국 함께하는 동반자임을 나타낸다. 이처럼 길은 혼자가 아닌 그 과정에서 마주하는 모든 요소와 함께하는 여정을 의미하며, 인생의 복잡성과 다면성을 반영한다. '아마존' 과 같은 자연의 이미지가 등장하면서 길이 단순히 물리적인 장소가 아니라 감정적이고 정신적인 여정을 상징한다. '억눌린 서러움을 관현악 합창으로 본 모습을 찾아가듯' 길이 사람의 내면과 감정의 해방을 위한 공간임을 나타낸다. 길은 개인의 상처와 서러움을 치유하며, 자신을 찾는 과정과 연결된다. 이처럼 길은 단순한 이동이 아닌, 자기 발견과 치유의 여정으로 해석될 수 있다. '노을진 사막에서 거울을 만나자' 라는 선언은, 길이 끝내는 자기 성찰의 순간으로 이끈다는 메시지를 전달한다. 사막이라는 공간은 고독과 성찰을 상징하며 그곳에서 마주하는 '거울' 은 자신과의 만남을 의미한다. 이는 인생의 여정을 통해 결국 진정한 자아를 마주하는 과정이 길의 궁극적 의미임을 나타낸다. 길은 인생의 여정이자 자기 성찰과 회복, 그리고 내면의 발견을 위한 공간으로서의 의미를 가지며, 시인이 전달하는 서정은 '복잡한 인생 속에서 숨 쉴 틈을 찾아내기' 라고 제안하고 있다.

빈센트 반 고흐의 작품 「아몬드 나무」에서 시인의 「꿈」은 꿈의 신과 연결되는 서정과 상징을 담고 있으며 꿈의 신이 가진 특성과 시조의 이미지가 조화를 이루고 있다. 작품에서 꿈의 신은 자연과 밤, 하늘과 같은 요소를 통해 시인이 꿈꾸는 세계를 열어주는 존재로 나타난다. '바람을 꽃잎으로 잠재웠지'는 꿈의 신이 바람을 진정시키고 평온한 꿈의 세계로 인도하는 역할을 암시한다. 꽃잎처럼 부드럽고 섬세한 방식으로 자연의 힘을 조화롭게 다스리는 모습은 꿈의 신이 불러오는 평화로운 꿈의 세계를 상징한다. 이어서 '달님을 고향으로 배웅'하는 의식은 꿈의 신이 밤을 다스리고, 잠든 이들에게 꿈을 통해 평온함을 선사하는 역할을 보여준다. 그림에서 나타내고 있는 〈아몬드 나무〉의 꽃잎들이 마치 열린 하늘을 품는 것처럼 무한한 가능성과 자유를 상징하며, 꿈의 신이 제공하는 무한한 상상력과 해방감을 암시한다. 시인은 반복적으로 '몇천 번'이나 일관된 모습으로 꿈을 수호하는 존재임을 나타낸다. '밤과 낮 끊임없이 하나로 꿈꾸면서' 시간의 흐름 속에서도 변함없이 꿈을 통해 사람들에게 밤과 낮을 하나로 이어주는 다리 역할을 하며 그 과정에서 꿈은 일종의 안식처로 기능한다. '초롱등불로 물꼬를 틀고 있네'라고 목격하며 타자화된 꿈의 신이 어둠 속에서 희미한 빛을 통해 길을 안내하는 모습이다. 꿈은 어둠 속에서도 희망과 안내를 제공하는 역할을 하며 자연과 시간의 흐

름을 통제하며 그 속에서 사람들에게 꿈의 세계를 열어주고 평
온을 선사하는 존재임을 보여준다.

「사과」는 이미 과일이 아니라 인류의 역사와 경험을 상징적
으로 담고 있다. '사과 한 입'을 베어 물었을 때 들어 온 '인류
사'는 사과가 인류의 오랜 농경 생활과 생존의 역사를 대변한
다는 의미를 내포한다. 사과는 에덴 동산 이야기에서부터 현대
농업에 이르기까지 다양한 맥락에서 인류와 깊은 연관을 맺어
왔기 때문이다. 사과의 성장 과정과 그 속에 담긴 역사적 무게
는 고요한 환경에서 자라난 사과를 '무풍지에 알이 터'져 나
와 마침내 '하얀 속살'을 키워내는 과정을 전개하고 있다. 이
과정은 인류의 역사가 평온함과 고통, 극복의 시간을 거쳐 발
전해 온 과정을 반영한다. 사과는 그러한 인류의 역사를 압축
적으로 담고 있으며, '먹거리'의 상징적 '봉우리'로 등극하기
에 이른다.

자연의 힘, 즉 햇살과 바람이 사과의 성장에 미치는 영향을
통해 인류의 도전과 시련을 은유한다. 순풍과 바람이 사과의
삶에 개입하듯, 인류도 자연과 환경의 영향을 받으며 살아가야
한다. '청제비 노랫소리'에 대한 그리움은 옛 시절의 평온함이
나 단순했던 삶에 대한 회귀를 표현하며, 이는 사과가 오랜 역

사 속에서 그랬듯이 사람들 또한 과거의 어떤 평화로움을 그리워한다는 것을 드러낸다.

사과가 겪는 고통과 그것이 단단한 맛을 만들어내는 과정이 인류의 시련과 성장의 과정을 상징한다. '달콤한 과육' 안에 서러움이 깃들어 있다는 표현은 사과가 단맛을 내기까지 겪는 시간과 고통이 인류의 삶과 닮아 있음을 암시한다. 이처럼 사과는 인류의 역사 속에서 겪어온 고통과 그 속에서 피어난 생명력을 동시에 상징하며, 단순한 먹거리를 넘어 삶의 복잡한 결을 품고 있는 존재로 그려진다.

「마음」의 무게와 형태 그리고 그것이 끊임없이 변하고 움직이는 속성을 시인은 탐구하고 있다. 작품 속의 질문들은 마음의 실체에 대해 묻고 있으며 이러한 질문들은 마음의 가변성과 무정형성을 드러내는 것이다.

'몇 그램을 가졌는가'와 '어떤 색을 지녔는가'라는 질문을 통해 마음의 무게나 색깔처럼 구체적인 속성을 찾아보려는 시도다. 사람들이 마음의 상태를 측정하거나 규정하려는 노력을 상징하지만 마음은 눈에 보이거나 손에 잡히는 것이 아니라, 끊임없이 변화하는 무형의 존재다. 따라서 '변형도 언제든지 / 오고 감도 시시때때' 처럼 마음의 유동적인 성질을 강조한다. 마음은 특정한 상태에 머무르지 않고 끊임없이 움직이며, 그것을 완전히 이해하거나 통제하는 것은 어렵기 때문이다. '너와 나 어쩌지 못하는 / 앉아갈까 서 갈까'에서 짐작할 수 있듯이 마음의 불확실성과 결단의 어려움을 나타낸다. 마음의 상태가 명확하지 않고, 그 방향이나 상태를 결정하는 것이 쉽지 않다는 점을 드러낸다. 이는 결국 마음이 사람의 의지와 상관없이 스스로의 길을 찾는다는 것을 보여준다. 마음의 본질에 대한 깊은 탐구와 그것을 규정하거나 통제하려는 인간의 한계를 표현하고 있다. 마음은 끊임없이 변하고, 정해진 형태나 색깔이 없으며, 그 자체로 자유로운 존재라는 점을 강조한다.

인내와 삶의 여정을 상징적으로 표현한 「달팽이」에서 '거친 모래가 몸을 파고 들었던' 경험을 통해 시인은 달팽이의 느리고 험난한 여정을 자연과 인간의 삶에 비유하며 그 속에서 발견하는 고통과 성찰, 그리고 희망을 담고 있다. '지루한 태양'과 '그림자마저 태우지만' 뜨거운 태양 아래서도 달팽이가 꿋꿋이 전진하는 모습을 보여주며 인간이 고난과 역경을 마주할 때 계속해서 길을 찾아가는 과정과 맞닿아 있다. 태양은 극복해야 할 시련이지만 달팽이는 그것을 견디며 삶의 여정을 은유하며 '알 품은 거북이처럼 저 심해를 건너' 간다. 자신의 길을 묵묵히 걸으며 결국에는 목표에 다다르려는 모습을 보여준다. 알을 품은 거북이는 생명을 이어가는 중요한 임무를 수행하는 존재로 이는 달팽이의 걸음이 단순한 이동이 아닌 인생의 의미와 목표를 향해 가는 상징적인 행위임을 암시한다. 시인은 달팽이를 통해 인내와 끈기의 중요성을 노래하며 삶의 고난 속에서도 묵묵히 나아가는 태도를 강조한다. 달팽이의 여정은 소박하지만 그 속에는 깊은 인생의 의미와 성찰이 담겨 있으며 시인은 이를 통해 정직하고 진실된 삶의 자세를 서정적으로 표현하고 있다.

빈센트 반 고흐의 〈낮잠〉에서 「행복·3」은 낮잠의 신 히프노스(Hypnos)의 개입으로 만들어진 평온함과 나른함, 그리고 자연과의 조화를 그린다. 시조는 전체적으로 느긋하고 나른한 분위기를 중심으로, 히프노스의 영향력이 자연스럽게 스며든다. 자연 속에서 짧은 휴식을 상징하는 '볏짚 속에 재워두나'로 연상되는 히프노스의 익살스러운 개입이 이어진다. 자연과 인간이 하나로 어우러지는 이 상태는 히프노스가 가져오는 조화로운 순간이다. '고요한 황금 들판'이 자장가처럼 기능하면서 히프노스가 수면을 유도하는 힘을 자연의 소리와 감각을 통해 발휘하고 있다. 이는 자연과 인간의 경계가 모호해지고, 꿈결처럼 몰입되는 순간을 드러낸다. 낮잠의 경험을 초월적이고 몽환적으로 표현하면서 '길쭉하게 늘어지는 소용돌이 붓질' 과 '달콤한 잠' 은 히프노스가 만들어내는 꿈속의 상태로 그가 주는 휴식이 예술적이면서도 자연과 일체화된 순간임을 암시한다. 히프노스는 이 시조의 나른함과 평온함을 형성하며, 자연 속에서의 낮잠의 황홀함을 상징하는 존재로 작용한다.

3. 현실과 몽환의 경계

노동의 역사와 그 속에서 살아온 사람들의 강인함과 희망을 이중섭의 〈황소〉에서 「불휘 기픈 남ㄱ」을 주제로 하고 있다. 시적 전개는 우리 민족 오천 년 역사의 과정과 그 속에서 피어나는 결의와 의지를 강조하며, 궁극적으로 미래에 대한 희망과 소망을 강렬하게 표현한다.

'천년의 모내기' 로 시작하여 수천 년 동안 민족 역사의 과정을 상징한다. 모내기는 농경 사회의 대표적인 노동이자 생명의 근원적인 작업으로 이를 통해 시인은 역사와 전통, 그리고 그 속에서 이어져 온 사람들의 삶을 나타낸다. '다섯 번 고개 넘' 은 과정은 고난과 시련을 거쳐야 했음을 의미한다. 이는 삶의 어려움과 시련 속에서도 끊임없이 노동과 인내로 생명을 이어

온 민중의 역사를 함축한다. '부릅뜬 눈동자'와 '붉은 힘'이 등장하며 강인한 결의와 의지는 오천 년 동안 쌓여 온 민족 역사의 경험과 그 속에서 피어나는 강한 생명력을 상징하며 시조가 전달하고자 하는 강인한 정신을 강조한다. 눈동자에 깃든 붉은 힘은 단순한 분노가 아니라 삶을 이어가기 위한 힘과 결의의 상징이다. 이는 미래를 위해 현재의 고난을 견디고 그 속에서 희망을 찾는 모습을 드러낸다.

'하얀 혼의 주먹'은 순수한 의지와 희망을 상징한다. 하얀 혼은 민중의 순수한 정신과 미래를 향한 결의를 의미하며 주먹은 그 결의를 행동으로 옮기는 강한 의지를 나타낸다. 이 주먹을 통해 미래를 향한 소망과 희망을 담아내며, 오천 년의 역사를 통해 형성된 강인한 정신을 강조한다. 시적 전개는 과거와 현재, 그리고 미래를 연결하고 있으며, 인간의 끈기와 순수한 의지가 어떻게 희망의 불씨로 이어지는지를 강조한다.

살바도르 달리의 〈기억의 지속〉에서 「혼재」는 시간의 흐름 속에서 인간의 존재와 삶의 기억이 어떻게 얽혀 있는지를 해석하고자 하며, 시인은 자연과 시간, 그리고 인간의 관계를 중심으로 삶의 의미를 성찰한다. 시간과 기억의 상호작용을 통해 인간의 존재와 경험이 어떻게 형성되고 보존되는지를 강조하는

데 있다. 시인은 하늘과 바다, 그리고 시간이라는 이미지를 통해 인간의 삶이 자연과 어떻게 연결되어 있는지를 서정적으로 표현하고 있다.

시인은 '하늘이 바다를 깨워 기억을 보살핀'다고 했다. 자연이 인간의 기억과 감정을 반영하며 이를 통해 인간의 삶과 기억이 자연 속에서 지속되고 있음을 나타낸다. 하늘과 바다는 시인의 추억과 감정의 매개체로 그 속에서 인간의 존재와 그 의미를 반영하는 상징적인 역할을 한다. 시인은 자연과 인간의 삶을 연결하여, 기억이 단순히 개인의 내면에 머무는 것이 아니라 자연 속에서 살아 숨쉬는 것임을 시사한다. 또한 '시간은 천 갈래의 삶을 어루'만진다고 표현한다. 이는 시간 속에서 인간의 삶이 다양한 형태로 전개되고 얽혀 있음을 의미한다. 시간은 인간의 경험과 추억을 형성하고 변화시키며 그 속에서 각자의 삶이 다채롭게 펼쳐진다. 시인은 시간을 하나의 유기적인 흐름으로 보고 있으며 그 안에서 인간의 다양한 삶의 이야기가 얽히고 섞여 있음을 강조한다. '혼재한 초침 안에서 흘러내리는' 인간의 존재를 언급하며 시간 속에서 인간의 삶이 계속해서 흘러가고 그 속에서 '너와 나'라는 개별적 존재가 어떻게 함께 얽혀 있는지를 시사한다. 이는 인간의 삶이 단순한 개인의 여정이 아니라 시간과 공간 속에서 서로 연결되고 교차하는 다양한 이야기와 관계들로 이루어져 있음을 나타낸다.

시인은 시간과 자연 속에서 인간의 기억과 존재가 어떻게 형성되고 보존되는지를 탐구하고자 하며, 시간의 흐름 속에서 개별적인 존재들이 하나로 연결되는 모습을 시적으로 표현했다. 삶의 복합성과 그 속에서의 연대, 그리고 그 속에서 발견하는 의미를 강조하는 메시지를 담고 있다.

앙리 폴 고갱의 〈타히티 섬〉에서 다시 우리는 「우리는 어디서 와서 어디로 가는가」와 같은 존재론적 불확실성과 정체성의 모호함으로부터 자유로울 수 없음을 부인할 수 없다. 시인은 인생의 불확실성과 그 속에서의 순환적인 구조를 탐구하며, '뫼비우스'의 개입을 통해 순환과 반복의 이미지를 강조하고 있다. 시상은 인생의 길이 모호하고 방향을 잃은 상황 속에서도, 끊임없이 순환하며 이어지는 삶의 패턴을 그린다. 시인은 뫼비우스의 상징성을 통해 인생의 불확실성, 무한한 순환, 그리고 그 속에서 발견되는 고유한 통찰을 표현하고 있다.

'오는 길도 모르고 가는 길도 모르겠소'라는 화두는 인간이 자신의 운명과 방향을 알지 못한 채 살아가는 모습을 나타내며 삶의 방향성이 혼란스럽고 예측할 수 없다는 의미를 담고 있다. 이어서 '운명의 실타래'가 길을 잃은 상태라는 표현은 인간이 삶의 의미나 목적을 찾기 어려워하는 상황을 상징한다.

원시적이고 원형적인 상태를 토로하며 이것은 인간이 근본적으로 순환하는 패턴 속에서 존재할 수 밖에 없는 숙명론적 세계관을 시사한다. 여기서 '원시인'의 눈이 '원형'으로 잠긴다는 것은 인간의 운명은 시작과 끝을 알 수 없는, 끝이 없는 기나긴 여정을 상징적으로 나타낸다. 이는 뫼비우스 띠의 개념과 연결되며, 단순히 시작과 끝이 있는 것이 아니라 끊임없이 이어지는 순환의 이미지를 강조한다.

'숫자 탑'은 계산된 현대인, 현대인의 생활을 암시하는데 인간의 수치적이고 논리적으로 세상을 이해하려는 시도로, 그 숫자 또한 원형을 뛰어넘을 수 없음을 나타낸다. '원형이 사각으로 바뀌어 질 리 있소'라고 단언하듯이 인간 본연의 순수함을 이길 수는 없고 이 또한 순환적인 구조에서 벗어날 수 없다는 현상을 폭로하고 있다.

뫼비우스 띠의 개념을 통해 인생의 순환성과 그 속에서의 인간의 고뇌를 탐구하며, 인간이 삶의 패턴 속에서 끊임없이 반복하는 모습을 서정적으로 표현하고 있다. 시인은 이 순환 속에서 발견되는 통찰과 깨달음을 강조하며 인생의 불확실성 속에서도 본질적인 흐름과 그 안에서의 순환적인 구조를 이해하고자 한다.

4. 혼재하는 변주곡으로

시인은 시조가 전개해 온 고정된 주제를 재고하고, 다중적 의미와 텍스트 자체를 반성하고자 노력하는 '건강한 혼재'를 시도하고 있다. 비현실적이고 역설적인 이미지를 통해 시간과 기억의 혼란스러움이 아니다. 또한 의미의 불확정성과 혼돈의 반영이 아니라 시간과 개인의 정체성에 대한 전통적 관념을 해체하여 새롭게 재구성하려는 모습을 보여주고 있다. 다시 말해 권위적이고 확고한 정체성을 의문시하며 끊임없이 변형하고 재구성해야 한다는 것이다. 시인은 이 작품집을 통해 존재와 사유의 시적 탐구를 개인의 차원에 감금하려 하지 않는다. 인간과 자연, 삶과 죽음, 그리고 일상과 철학이라는 다양한 주제들을 시적으로 탐구한 작품집이다. 독자들에게 존재론적 사유와 인간 관계의 본질, 그리고 일상 속에서 발견되는 깊은 의미를 탐구할 수 있는 기회를 제공한다. 시적 형식과 상상력의 결합, 그리고 철학적 주제의 탐구는 이 시집을 단순한 감상적 시집이 아닌, 깊이 있는 철학적 작품으로 승화시킨다.

삶은 때때로 상반된 감정과 상황이 혼재하며 펼쳐진다. 현실과 이상, 빛과 어둠, 질서와 혼돈은 우리의 경험 속에서 끊임없이 교차하며, 그 속에서 우리는 본질을 탐구하고 의미를 찾아간다. 이 평론에서 분석된 박우지아 시조는 이러한 상반된 요소들이 혼재하는 변주곡처럼 삶을 그려내고 있음을 보여준다.

시조는 인생의 출발점이나 결과보다 그 과정을 중시하며 그 속에서의 자유와 흐름을 표현한다. 이는 특정한 목표에 얽매이지 않고, 순간순간의 경험과 감정을 통해 성장하고 변화해가는 삶의 모습이다. 실타래처럼 엉키고 복잡한 삶의 경험들은 물줄기가 되어 흐르면서 새로운 방향을 찾아가고, 그 과정에서 윤슬처럼 빛나는 순간들을 통해 의미를 발견한다. 이는 곧, 우리가 현실 속에서 마주하는 다양한 경험들이 하나의 유기적 흐름으로 이어지며, 그 속에서 빚어지는 변주와 같은 아름다움을 말해 준다.

시인은 이러한 변주를 시조 캔버스 위에 오롯이 담아내었다. 특정한 형상을 만들려 하지 않고, 시인의 사유가 흘러가는 대로 물줄기가 모이는 곳에서 발생하는 에너지를 발견했다. 시인이 보여주고자 하는 것은 완결된 형태가 아닌 계속해서 변화하고 확장되는 혼재의 흐름과 상통한다. 시인의 작품이 특정한 해석을 요구하지 않고 독자마다 다양한 해석과 감정을 끌어내는 과정이 곧 각자의 삶의 여정 속에서 의미를 발견하게 한다.

혼재하는 변주곡처럼 시인의 작품은 구체적인 형상이나 결과를 지시하지 않고, 현실의 복잡함과 그 안에 숨어 있는 다양한 가능성을 마주하게 된다. 이 변주곡은 혼돈과 질서, 자유와 구속이 교차하며, 그 속에서 스스로의 감정과 경험을 해석하고 조화롭게 통합해 나가는 과정이다. 삶은 고정된 것이 아니라 끊임없이 변화하며, 그 과정에서 혼재된 요소들이 서로를 보완하고 반영하며 새로운 의미를 형성한다. 시인의 변주곡은 각자가 자신의 삶 속에서 경험하는 과정과 흐름의 중요성을 강조하며 그 속에서 빛나는 순간과 아름다움이 존재함을 조용히 상기시키고 있다.